Arnaud Beunaiche

JE SUIS JOSEPH

Editions *Emporte-Voix*

@ Arnaud Beunaiche, 2020

Editions Emporte-Voix
135, rue du Général Leclerc
94000 Créteil

Dépôt légal : décembre 2020

Le Code de la propriété intellectuelle n'autorisant, aux termes des paragraphes 2 et 3 de l'article L. 122-5, d'une part, que les « copies ou reproduction strictement réservées à l'usage privé du copiste et non destinées à une utilisation collective » et d'autre part, que les analyses et les courtes citations dans un but d'exemple ou d'illustration, « toute représentation ou reproduction intégrale ou partielle faite sans le consentement de l'auteur ou de ses ayants droits ou ayants cause est illicite » (article L. 122-4). Cette représentation ou reproduction, par quelque procédé que ce soit, constituerait donc une contrefaçon sanctionnée par les articles L.335-2 et suivants du Code de la propriété intellectuelle.

Toute exploitation du texte ou représentation publique de tout ou partie du texte doit faire l'objet d'une autorisation écrite de l'auteur. Adressez votre demande à : editions@emportevoix.fr

Rappel : le photocopiage est un photocopillage qui tue le livre.

Du même auteur
aux Editions Emporte-Voix

- **Du Théâtre pour tous**
  - *Olympe-sur-Seine*
  - *Merci Monsieur Molière !*
  - *Complot Royal*
  - *V comme Hugo*
  - *Adjugé (presque) vendu !*

- **Nouveaux Mondes**

- **Haut les masques !**

A commander sur
www.arnaud-beunaiche.com

22 mai 1848 : Proclamation du décret d'émancipation en Martinique (74 000 esclaves émancipés).

27 mai 1848 : Proclamation du décret en Guadeloupe (87 000 esclaves émancipés).

10 août 1848 : Proclamation du décret en Guyane (environ 13 000 esclaves émancipés).

20 décembre 1848 : Proclamation du décret à la Réunion (62 000 esclaves émancipés).

30 avril 1849 : Vote de la loi qui fixe le montant des indemnisations aux colons. On verse aux anciens propriétaires d'esclaves par l'État français plus de 126 millions de francs, soit l'équivalent de 4 milliards d'euros aujourd'hui.

- **21e siècle : le devoir de mémoire**

10 mai 2001 : Vote de la loi n°2001-434 du Parlement français, dite loi Taubira « tendant à la reconnaissance de la traite et de l'esclavage en tant que crime contre l'humanité » par le Parlement, avant sa promulgation le 21 mai suivant.

2006 : Jacques Chirac fait du 10 mai la Journée nationale des mémoires de la traite, de l'esclavage et de leurs abolitions.

4 février 1794 : Le décret d'émancipation et d'abolition de l'esclavage adopté par Robespierre et les membres de la Convention est enfin étendu aux colonies françaises.

- **19e siècle : après le vent, souffle la tempête**

20 mai 1802 : Napoléon Bonaparte rétablit l'esclavage par décret. Dans le même temps, il mène une répression intense dans les colonies françaises, notamment en Guadeloupe et en Guyane. Toussaint Louverture, figure de la révolution des esclaves à Haïti, est arrêté.

1er janvier 1804 : Haïti devient la première République noire du monde. L'indépendance est proclamée sous la direction de Jean-Jacques Dessalines. Les anciens esclaves ont vaincu l'armée napoléonienne.

1832 : La France accorde aux mulâtres et Noirs libres l'égalité civile et politique.

1834 : La « Société française pour l'abolition de l'esclavage » est créée à Paris.

27 avril 1848 : Le décret d'abolition de l'esclavage dans les colonies et possessions françaises est promulgué sous l'impulsion de Victor Schoelcher, sous-secrétaire d'État aux colonies.

• 18e siècle : entre développement continu et éveil des consciences

1766 : Dans un article intitulé « Traite des nègres » paru dans l'*Encyclopédie, dictionnaire raisonné des arts des sciences et des métiers*, Louis Jaucourt écrit : « Cet achat de nègre pour les réduire en esclavage est un négoce qui viole la morale la religion, les lois naturelles, et tous les droits de la nature humaine. »

1780 : Des organisations antiesclavagistes voient le jour, avec pour but de propager leurs idées humanistes.

26 août 1789 : Déclaration des droits de l'homme et du citoyen. Le cas des colonies n'étant pas mentionné, elle ne s'y applique pas.

1791 : Des révoltes éclatent à Saint-Domingue, colonie française des Antilles. Composé à 90% d'esclaves, ce territoire est surnommé le « moulin à broyer les nègres ». Esclaves noirs et affranchis, dont la vie est régie par le Code noir, revendiquent la liberté et l'égalité des droits avec les citoyens blancs.

28 septembre 1792 : La Constituante abolit l'esclavage en France (mais toujours pas dans les colonies).

REPERES CHRONOLOGIQUES

- Les dates clés de l'Histoire de l'esclavage pratiqué par la France -

- **17e siècle : L'État encadre la traite négrière**

1642 : Louis XIII autorise la traite des Noirs.

1672 : Une ordonnance royale encourage la traite privée en accordant aux négriers une prime de treize livres par « tête de nègre » importée des colonies.

Mars 1685 : Louis XIV édicte le Code noir, qui réglemente la vie des esclaves dans les colonies françaises. L'Article 44, notamment, dénie tout droit juridique et officialise le statut des esclaves comme des « biens meubles », que l'on peut posséder, vendre ou échanger. D'autres articles légitiment le châtiment corporel et la peine de mort.

LES TABLEAUX CITES

Madame de Clermont en sultane
Jean-Marc Nattier, 1733

Olympia
Edouard Manet, 1863

Miss Lala au cirque Fernando
Edgar Degas, 1879

Le Radeau de la Méduse
Théodore Géricault, 1818-1819

Couple de Noirs,
Théodore Géricault, 1817

Etude de Noir
Théodore Chassériau, 1838

Noir vu en buste, la tête coiffée d'un turban rouge
Eugène Delacroix, 1826

Chasseur africain
Horace Vernet, 1818

Joseph, le nègre
Adolphe Brune, 1865

Documentaires

« *Modèles Noirs / Regards blancs* », Le Doc Stupéfiant, France 5

« *Qui était Joseph, modèle noir du Radeau de la Méduse ?* », Hélène Combis, France-Culture, 22 mars 2019

« *Joseph ou le renouveau du modèle noir au XIXe* », Elsa Mourgues, France-Culture, 22 mars 2019

Film

La Vénus Noire, Abdellatif Kechiche, 2010

Webographie

www.musees-occitanie.fr
Les enquêtes du Louvre, Episode 1, « Le Radeau de la Méduse »

Le Modèle noir, de Géricault à Matisse, Catalogue d'exposition, Ed. Beaux-Arts

Le Modèle philosophe, Le Figaro du 8 avril 1858

Le Nègre Joseph. Trois images du Noir, Jean Nayrolles. Ed. Midi-Pyrénéennes, 2010

Lenglensou, Jean Watson Charles, Ed. Preles des Antilles

De la noblesse de la peau, ou du Préjugé des blancs contre la couleur des Africains et celle de leurs descendants, noirs et sang-mêlés, Abbé Grégoire, Ed. Baudouin frères, (1826)

Noir, entre peinture et Histoire, Naïl Ver-Ndoye et Grégoire Fauconnier, Omniscience, 2018

Noirs et Orientaux de Géricault, Coll. Citoyens du Monde, Bruno Chenique, Ed LienArt

Robert le Diable, livret de Eugène Scribe et Germain Delavigne

BIBLIOGRAPHIE

Le Code noir, Sepia Eds, 2006

Convention nationale, décret 2262

Les Français peints par eux-mêmes, Emile de La Bédollière, 1840

Histoire Naturelle, Buffon, Tome III

Les Historiens de l'art, Alfred Deberle, 1867

Joseph le Maure, Bona Mangangu, Tekedio Editeur

Les Mémoires d'une danseur de corde : madame Saqui, Paul Ginisty, 1907, Hachette Livre / BNF

Le Modèle, Émile de La Bédollière, 1840

Le Modèle Noir, Pap N'Diaye et Louise Madinier, Flammarion, 2019

Le modèle noir au Musée d'Orsay , Stéphane Audeguy, La Croix du 12 avril 2019

Simple symbole de l'opulence, de la richesse
Illustration glorieuse d'une coloniale économie
Détail ornemental de la toile
Devenu au fil du temps, au fil des heures, au fil des poses,
au plus profond de la patience, de la souffrance, de la passion
Le sujet même de la peinture, j'en suis le cœur et la raison
A la force du silence
Il a gagné ma dignité

Aujourd'hui je suis Joseph
Ni Blanc ni Noir
Je suis
Un corps
Je suis
Un prénom
Une histoire
Son histoire est mon histoire
Son histoire est notre histoire

D'Adolphe Brune, le bien nommé
A Charles Gleyre, mon ami,
Je hante les ateliers de Paris
Je pose de moins en moins
Je vieillis, je grossis, je m'arrondis
Je me pose et je re-pose
Il est loin le dieu grec d'académie
On rit de moi : « Balle de coton » !
On moque ma réplétion
Mais pour un temps,
Je prête encore la main
Aux Romantiques parisiens.

Je n'aurai pour ma fin rien à léguer
Sauf la mémoire de mon entrain, de ma gaieté
Et toutes ces heures offertes aux peintres
Demandez-leur ces heures d'hilarité
C'est sur leurs toiles, grâce à leurs yeux
et par leurs mains
Que je me suis avec décence
Avec leurs huiles et leurs essences
Reproduit à l'infini !

***

LE MODELE

Ta trajectoire est ma victoire

Refuse l'équation rétrograde du Noir Malin d'un autre temps.

***

1824 - Théodore est mort
Mais la Méduse m'évite la misère
Le Radeau décrié m'offre un prénom
une renommée de Salon
Pour les rapins de Paris
Je pose des heures aux Beaux-Arts

D'un tréteau à l'autre
Je cours Paris, je gagne mon pain
A coups de pinceaux
Partout on me réclame, enfin
Un jour Delacroix me peint la tête enrubannée
Le lendemain je suis croqué en chasseur nu par Vernet

Je perds ma femme
Un jour je pleure, et puis je ris
Car philosophe, je n'oublie rien
J'aime tant la vie
Je reste affable, je continue
Joseph est à la mode
Toujours vivant, toujours souriant

Danseur immobile, comme hébété
Je souffre, en silence, je pose pour l'artiste
Regard tourné vers une menace supérieure
Venue d'ailleurs
Le Seigneur chassant le démon du haut de la montagne
Projet sacrément indigne
Chassériau pourtant,
Elève prodige, exécute, inconscient
Le projet malsain de son maître
Et moi je chante une intuition
Robert le Diable

« O fortune ! A ton caprice,
Viens, je livre mon destin,
A mes désirs sois propice,
Et viens diriger ma main.
L'or est une chimère,
Sachons nous en servir :
Le vrai bien sur la terre
N'est-il pas le plaisir[10] ? »

Ingres veut me faire Satan
Il n'en dit rien.
Mais il renonce. Il craint sa chute.
S'auto-censure.

---

[10] Extrait du livret d'Eugène Scribe pour *Robert le Diable*, opéra en cinq actes de M. J. Meyerbeer.

copie le type de l'individu le plus possible. Je vous prie de lui recommander le plus grand secret. Qu'il ferme son atelier aux désoeuvrés pendant ce temps. Comme je ne dois rien vous cacher, le sujet est le seigneur chassant le démon du haut de la montagne. Quant à l'élève, il n'a pas besoin de le savoir : je lui demande une simple figure de nègre dans cette attitude. Le modèle sera le nègre Joseph qui a déjà posé pour le Radeau de la méduse de Géricault[9]. »

JOSEPH

Chassériau mon frère haïtien, tu œuvres à l'aveugle
Dans le secret du maître, à dessein,
Crayon graphite à la main, tu traces, tu étudies
Une main, un pied, une chute
Ma main, mon pied, ma chute
Dans une posture de contorsionniste,
Appuyé sur un coude, sur un genou
La pointe des pieds tendus

---

[9] Correspondance d'Ingres à son ami Nicolas-Marie Gatteaux, le 19 novembre 1836

Resif yo fin n seche
Dlo nan kò n se sèl sa ki rete
Pou wouze latè
Kisa rete nan kò n
Sinon doulè
Memwa n ki andèy[8]

***

Enfin la tentation d'Ingres
1836 à Paris
Ultime trahison

INGRES

« Il me faut mon cher, que vous me fassiez le plaisir de me seconder dans une chose qui me fait le plus grand besoin. Le calque ci-joint vous indiquera ce que je veux. Il faut donc trouver parmi mes élèves celui qui sait le mieux faire le portrait d'un modèle, et, si ne me trouvez mieux, je crois pouvoir désigner le jeune Théodore Chassériau. Je vous prie donc de me l'envoyer et de lui faire part de cette proposition. Surtout qu'il

---
[8] *Lenglensou*, Jean Watson Charles, Ed. Preles des Antilles

Joseph le nègre, le plus beau modèle qui
ait couru les ateliers de Paris[7].

JOSEPH

N ap kouri dèyè lavi
Chak swa ki pase
Se yon paj
Yon mak san
Yon rèv toutouni
K ale pouri sou kòn
Yon katedral doulè pou lanmou
Losti pou sakreman lèmò
Fè rèv pou lanjelis
Fè lanmou sou bwa kalvè
Rèv nou ap kouri dèyè lavi
Mwen pran degidon woulib
Loray frape w nan kè
Pran kalonnen lèzòm

Nan 2 bra lavi
Tout jwèt koken pèdi pou revè
Resif yo fin n seche
Dlo nan je m ap kouri tankou nyaj nan syèl
Vwa nan tèt mwen di
Kouri chen n nan tirès pou minis brennò

---

[7] « *Le Modèle philosophe* », Le Figaro du 8 avril 1858

Le Figaro me proclame même « modèle philosophe ».
Moi, Joseph le Maure, l'esclave haïtien !
Moi dont la gloire est de poser pour les plus grands
Moi dont le seul rêve est de finir mes jours au service de l'art
Sur les tréteaux d'un atelier.

Qu'on peigne bien vite ma grandeur avant ma décadence,
Avant ma déchéance.
Enfin finir dans les méandres de l'oubli.
Redevenir dans l'inconscient collectif,
de la toile, un simple motif.
Je n'aspire qu'à devenir
Ni plus ni moins qu'un Blanc
Gagner, un jour, le droit à la banalité.
Aujourd'hui le héros de Géricault,
Je suis au pied du mur.
Le Figaro le dit, le Figaro l'écrit et le publie.

UN JOURNALISTE DU FIGARO

Il n'est pas en France un seul artiste peintre ou sculpteur qui ne connaisse

***

Je le vois, tu t'étonnes, je le sens,
C'est le modèle noir qui t'en apprend !

Connais-tu Adonis et sa Zerbine ?
Les Paul et Virginie des Caraïbes
Je pose pour Théodore devant ma douce Vénus noire,
Non, le nègre n'est par nature
Pas plus féroce, lâche et criminel
Loin de vos caricatures,
Cette scène d'amour, cette aquarelle
Est le manifeste que les élans du cœur
Transcendent, de la palette, les couleurs
Comme j'ai aimé poser avec ma douce partenaire
Retrouver l'espace d'un instant l'imaginaire
Une nature luxuriante, une envie farouche de liberté
Loin de toute lubricité, de toute perversité
Juste le plaisir, laisser monter ce lent désir
J'aime les femmes, j'aime leur douceur
Vous me direz naïf ou primitif
Je n'ai pas peur de ma candeur

D'ailleurs, 1858.

l'esclave méprisé tous vont devoir leur salut. En cet instant, il n'y a ni noirs ni blancs, ni maître ni esclaves, il y a des hommes solidaires dans la lutte, égaux devant la mort et qui implorent une voile à l'horizon[6]. Idée saisissante, non ?

Le Radeau a fait scandale
Par un dégoût paradoxal
Terrifiant et repoussant autant que fascinant
L'art et la réalité enfin réconciliés
Triomphe de la laideur
Des cadavres sont à l'honneur
Avoir un Noir ou un métis pour tout sauveur
Mon dos d'apothéose est arrivé.

Les couleurs peuvent être scandaleuses, décidément
Pour un instant, regarde encore, oublie mon corps
Pantalon bleu, j'agite une étoffe bicolore
Le rouge laisse entrevoir un discret filet blanc
Trois couleurs hautement symboliques
En pleine Restauration,
On comprend mieux la polémique
Je suis la République, en plein Salon

---

[6] *Un siècle d'art : notes sur la peinture française à l'Exposition centennale des Beaux-Arts*, Armand Dayot, 1890

Noir, métis, ou quarteron,
Un sang-mêlé, mulâtre ou negmarron
En un mot, je ne suis pas blanc
Et si je ne suis blanc, je suis donc noir,
Aucune autre nuance sur la palette
La haine comme la peur
Ne connait qu'une couleur
Celle de l'autre, de l'étrange, du barbare.

Et pourtant Géricault
En mulâtre sur un tableau
Fait de moi le héros principal
D'une scène monumentale.
En métis sur son radeau,
Par la lumière projetée sur mon dos
J'incarne la fusion du Noir et du Blanc
De l'Autre et du Même
Un message fraternel d'égalité
De races réconciliées.

Sur ce *Radeau de la Méduse*, qui semble porter la France elle-même, tous les bras sont tendus vers l'espérance : l'équipage épuisé s'abîme dans la douleur et la folie, et le seul, parmi ces désespérés, qui a conservé son énergie et sa force, celui qui, agitant au vent de la mer un lambeau d'étoffe, signal suprême, tente un dernier effort, c'est un nègre, c'est moi ! A

Un Noir sur Blancs
Phare de la Méduse
Marin au torse nu
Du sommet de mon tonneau
J'agite le foulard
Dans le noir
Le foulard de l'espoir

Dans un combat fraternitaire
Géricault, sur sa frégate
Etendard de l'abolitionnisme
Me duplique, me réplique en ternaire
Repeint l'Histoire
Sur un radeau parmi les morts
Le Maure touche à la gloire
De dos, de face et de profil
Me laisse debout, solide
Comme le sursis des naufragés,
Je deviens l'espoir incarné

Fascination d'une carnation ?
D'une beauté foncée, d'une peau ambrée ?
Le trait de Théodore dépasse ce voyeurisme
Sa pensée est humaniste, universaliste et fraternelle
Son œuvre est évidente, édifiante, fulgurante
Radicale et romantique.

un torse effilé. Il sait séduire n'importe qui par son bagout, son charme et son sens de la répartie. Son visage est extraordinaire. Mais avant tout, quel charisme ce Joseph[5] !

JOSEPH

Géricault m'a pris en affection
Géricault ami effectivement
Pourquoi ? je ne sais
Objectivement
Les raisons de toute amitié sont inexprimables
Incontrôlables, insaisissables
La nôtre ne dérogera pas à cette règle tacite
Théodore est abolitionniste
N'en déplaise aux naturalistes, esclavagistes
Polygénistes, physiognomonistes
Face à leurs thèses raciales et viles
Théodore le romantique
Sur son radeau, les méduse,
Me fait atteindre le sommet de l'humaine et humide pyramide
Un corps noir et puissant
Bien au-dessus des corps blancs
Matière première, figure de proue
Je suis l'Elu

---

[5] *Les Français peints par eux-mêmes, Emile de La Bédollière, 1840*

Se hisse au firmament du cirque, tout là-haut
Acrobate, fildeférvviste, ou femme-canon.
Elle est belle Olga. Degas la voit. Degas la peint.
Lui donne un nom.
Miss Lala au cirque Fernando

***

Pour qu'un jour Théodore enfin
Au cénacle des artistes de la rue des Martyrs
Croise mon chemin, m'offre un destin.
Comme Degas, fasciné par le cirque dès l'enfance
Théodore Géricault
Spectateur frénétique de chapiteaux
Après la troupe Franconi, découvre celle de Saqui
De la piste aux étoiles, lui, le peintre, ébloui
Révèle en moi le plus exotique des rois mages.
Je deviens son Balthazar, heureuse épiphanie.
Il crée déjà sa toile, il transcende mon image
Théodore mon frère. Géricault mon ami.

GERICAULT

Il est vrai qu'il est très beau, il possède
des épaules larges, des dents blanches et

Exotiques et exhibés comme des trophées
Pendant plus de cinquante ans
Dans l'enclos de zoos humains
De villages sauvages reconstitués, scénarisés
Qu'on se raconte, encore un peu effrayés mais amusés
Dans vos dîners mondains et parisiens.

***

En attendant j'intègre la troupe de Saqui
« Joseph le nègre » pour nom de scène
avant Maria l'Antillaise
Olga la Négresse, Miss Lala princesse africaine,
Valentino Delmonico, le dompteur noir,
Américain de circonstance, de Philadelphie
même, pour la gloire
Rafael Padilla, le Cubain, dit Chocolat
Sur la piste scintillent les étoiles noires.
La Revue nègre est à la mode.
Folies Bergères, Champs-Elysées. Nouveau cirque et music-hall.
Plus de sauvages, de bêtes de foire.
Il prend la lumière, le Noir
Pas encore acteur, non, il n'est pas l'heure.
Un corps ébène s'envole dans le ciel.
Miss Lala, la princesse africaine, devenue la gloire des chapiteaux,

Je m'expose
Je traverse cette autre marée
Chahuté, je reste droit.

On m'observe, on me rit,
On me jauge, on me juge,
On me voit.
Car Madame Saqui est là.

***

Madame Saqui, danseuse de corde
Ce jour au port, de 1808
Acrobate par hasard. Acrobate par rencontre
Dix années sur les routes, jusqu'à Paris.
Découvrir ma France.
Jouer les amuseurs, vivre de petits boulots et d'expédients
Dix années de douceur, d'émerveillement
Jouer les saltimbanques, les Africains
Le bon sauvage.
Loin des palmiers pourtant, du sable fin
Grâce à la danseuse de corde
Joseph, le nègre, devient artiste.

Madame Saqui m'évite l'infamie
Car nos corps noirs deviendront divertissants
Pour les hommes blancs

D'un œil inquisiteur,
J'éprouve l'horizon
Je suis ma propre vigie,
Depuis l'antre,
je scrute l'inconnu,
J'attends mon heur.

Car moi, je suis d'abord « Le nègre Joseph».
Le précurseur.
Un jour donc viendra Joséphine, mais pas encore
Avant Baker il y a Joseph
Joseph
Juste Joseph

***

Et puis soudain Marseille !
Sa clameur, son port, ses odeurs.
Tous ces regards vers moi tournés
Emplis de rires, de peurs.
Prisonnier de ma couleur
Je ne suis encore qu'un Noir
Dans leurs yeux, une bête de foire.

J'aurais pu fuir, me cacher encore, ou me terrer
Mais je suis Joseph !
Je me dresse

Je ne sais plus ce qui guide mes pas ce jour-là
Je ne suis encore qu'enfant, à peine douze ans
Sinon ce désir, cette envie, ce besoin
Embarquer pour un lointain incertain
Je me faufile, jeune clandestin
Je tente ma chance, joue mon destin
Le rêve d'un avenir serein
Pour devenir au bout du chemin
L'ailleurs des autres
Incarner ce petit parfum d'exotisme
Devenir votre dépaysement singulier et
éphémère
Au prix d'une nostalgie sincère

Passager de dernière classe
Loin du pont supérieur
Discret en fond de cale
d'un monstre marin sur les ondes
Préfigure démesurée du radeau à venir
Traversée éprouvante, épuisante, harassante,
Ivre de bonheur, je rêve d'une autre rive
J'aspire à cet ailleurs, pour un temps, sans
image,
J'affronte l'épreuve, les orages, le roulis, cette
écume infinie
Je tangue d'impatience,
Je vomis
Je me rêve sur le pont

dans les Antilles et sur le continent américain[4].

***

JOSEPH

1804. A Paris, au même instant, est né Victor.
Un jour, Schoelcher deviendra Grand
En 48, 27 avril précisément
Il entre dans l'histoire,
Nous rend la liberté et notre humanité
Délie les chaînes, les entraves,
Efface la honte encore gravée
Dans nos corps, dans nos mémoires.

1804. Une République est née noire
Bonaparte vaincu par les enfants d'Haïti
Occasion définitive de fuir ?
Ou simplement de partir pour un jour revenir ?
Non.
Quitter pour toujours mon île originelle,
À jamais pourtant dans mes pensées
Je fuis le sang, je fuis les chaînes
Une joie, un déchirement, une illusion, un enchantement

---

[4] *De la noblesse de la peau, ou du Préjugé des blancs contre la couleur des Africains et celle de leurs descendants, noirs et sang-mêlés*, Abbé Grégoire, Ed. Baudouin frères, (1826)

Parmi les morts
Après Toussaint, le negmarron
Par Dessalines, le sanguinaire
Qui ne connaît que le Talion
« Guerre pour guerre,
Crimes pour crimes
Outrages pour outrages[3] »
Malgré ce sang versé,
Ces cris et ces orages
Une république noire est née
A Saint-Domingue, moi, je deviens
Petit Joseph l'Haïtien

ABBE GREGOIRE

La République haïtienne par le seul fait de son existence, aura peut-être une grande influence sur la destinée des Africains dans le nouveau monde. Une république noire au milieu de l'Atlantique est un phare élevé, vers lequel tournent les regards les oppresseurs en rugissant, les opprimés en soupirant. A son aspect l'espérance sourit enfin à cinq millions d'esclaves

---

[3] Proclamation de Jean-Jacques Dessalines au Cap, le 28 avril 1803

Colonies, est aboli ; en conséquence elle décrète que tous les hommes, sans distinction de couleur, domiciliés dans les colonies, sont citoyens français, et jouiront de tous les droits assurés par la constitution. – Elle renvoie au comité de salut public, pour lui faire incessamment un rapport sur les mesures à prendre pour assurer l'exécution du présent décret.

JOSEPH

Abolition rêvée, votée, fêtée
L'ouverture grâce à Toussaint
Le révolutionnaire républicain
Premier Français Général noir de notre Armée
Au Fort-de-Joux dans le Jura bien remercié
Incarcéré puis oublié
1794-1802
Huit petites années
De semi-liberté
Vite sacrifiée car abrogée
Par Bonaparte encore Consul

1804. Indépendance définitive,
Arrachée dans la douleur, dans la moiteur

Jean-Baptiste Belley
Premier député noir
Le premier à donner de la voix
Courageux cousin de Saint-Domingue
Brave fils d'Afrique, né à Gorée, vendu esclave
d'un riche terrien
Pas seulement affranchi, mais libéré de tes
chaînes
Par toi-même
Opportunément délivré volontaire,
Car racheté
Devenu politicien
A la Convention nationale
Deux frères de sang au semblable destin à tes
côtés
Pour entendre la liberté
Par décret, ce 4 février
Ou plutôt
Le 16 pluviôse de l'an II
Témoins d'une révolution fugitive

DÉCRET 2262 DE LA CONVENTION
NATIONALE du 16 pluviôse an II de la
République française, une et indivisible

La Convention nationale déclare que
l'esclavage des nègres, dans toutes les

Les Congos sont les plus petits. Ils sont fort habiles pêcheurs, mais ils désertent aisément.
Les Mondongos les plus cruels.
Les Mines les plus résolus, les plus capricieux et les plus sujets à désespérer.
Les Nagos sont encore les nègres les plus humains[2].

JOSEPH

Buffon !
Scientifique bouffon de renom
Et pourtant je suis, je suis celui que l'on regarde,
Je suis celui sur lequel on glose, que l'on écorche
Et pourtant je pense.
Je pense que je suis Joseph.
Je suis Joseph
Joseph !

***

Je suis les traces de l'Histoire

---

[2] *Histoire Naturelle*, Buffon, Tome III

grands, gros, bien faits mais niais et sans génie. Ils s'accoutument aisément au joug de la servitude.

On préfère dans nos îles les nègres d'Angola à ceux du Cap-Vert pour la force du corps, mais ils sentent si mauvais lorsqu'ils sont échauffés, que l'air des endroits par où ils sont passés en est infecté pendant plus d'un quart d'heure.

Ceux du Cap-Vert n'ont pas une odeur si mauvaise à beaucoup près que ceux de l'Angola, et ils ont aussi la peau plus belle et plus noire, le corps mieux fait, les traits du visage moins durs, le naturel plus doux et la taille plus avantageuse.

Ceux de Guinée sont aussi très bons pour le travail de la terre et pour les autres gros ouvrages.

Ceux du Sénégal ne sont pas si forts, mais ils sont plus propres au service domestique.

Les Bambaras sont les plus grands, mais qu'ils sont fripons !

Les Aradas sont ceux qui entendent le mieux la culture des terres.

Mes dents blanches étinceler.

Pendant ces heures où je pose,
Je me parle à moi-même,
Je me conte des histoires,
Je ris à gorge déployée,
Je songe à mon pays natal,
Réchauffé par la chaleur du poêle,
Je rêve le climat des Antilles,
Au milieu des émanations de la tôle rougie et de la couleur à l'huile,
Je respire le parfum des orangers[1].

Je me dresse, je prends la lumière
Pour un moment je me mens
Je veux croire qu'on me regarde pour qui je suis
Ici je pense que je suis
N'en déplaise à Buffon
Au discours animal, sans âme
Pour qui le Noir serait un Blanc dégénéré

BUFFON

Les Blancs devenus noirs par dégénération sont de types africains,

---

[1] D'après *Les Français peints par eux-mêmes*, Emile de La Bédollière, 1840

Quel autre rôle pour ces nourrices abondantes, pour ces noires servantes
Qui s'affairent autour de *Mademoiselle de Clermont en sultane*
Grimée par Nattier ?
Histoire cousue de fil noir
Tant de mulâtresses, de nègres et de bons sauvages peuplent vos œuvres européennes du 18ème
Clairs-obscurs vivants du peintre
Signes extérieurs de richesse des maîtres, véritables sujets
Voici Laure, « la très belle négresse » d'Edouard Manet
Voici Laure qui éclaire sa scandaleuse *Olympia*
De sa prude et sage noirceur
Contraste social en deux couleurs
En blanc et noir.

Mais moi je parle, je sors du cadre, je sors de l'ombre
Pensez-vous que moi, l'Haïtien, brûlé par le soleil des tropiques,
Je vais demeurer tranquille dans ma pose comme Napoléon sur sa Colonne ?
Non, vous voyez tout à coup ma figure s'épanouir,
Mes grosses lèvres s'ouvrir,

Mais demain
De Calais à Lampedusa
Gisant encore. Un corps.
Encore.

Mais moi je suis Joseph.
Noir, je suis modèle.
Un modèle. Ton modèle.
Moi je suis Joseph, le modèle noir.
Ecoute mon histoire.

***

D'abord je suis noir. De la couleur noire.
Pigmentation pour le peintre, anti-lumière, trou noir de la toile
Celui par qui votre blancheur éclate
Serviteur servile du peintre et du maître, je domestique la lumière
Faire-valoir du blanc sujet
Voilà ma condition, notre condition, à nous autres déracinés,
A jamais anonymes près de l'artiste
Engagés involontaires dans l'ombre de la postérité
Pour permettre à nos maîtres d'apparaître
Dans toute leur splendeur
Dans l'éclat de leur blancheur

Noir.
Il est évident que j'ai le rythme dans la peau.
Assurément.
Narines évasées, lèvres charnues,
Corps athlétique, cheveux crépus.
Muscles saillants.
Regarde encore.
Je ne suis qu'un corps.
Tu me penses maladroit. Lent. Fainéant.
Bruyant.
Naturellement.
Bavard, roublard et beau-parleur
Séducteur, élégant, dandy à mes heures
Pourtant.

Aujourd'hui un corps
Demain tirailleur sénégalais
Avant Calais
G.I. américain
Figure de jazz à Saint-Germain
Après Olga, la Miss Lala, et Chocolat
Joséphine Baker
née de Victor Schoelcher
Un jour un Noir ordinaire.
Enfin.
Un Noir parmi les Noirs
Un homme parmi les hommes
De Harlem à la Goutte d'Or.

Votre attention toute entière accaparée à scruter les peaux verdâtres, albâtres, des cadavres gisants
Ne vous êtes-vous pas demandé d'où venait ce nègre ?
Pourquoi il était là, seul, encore debout ?
Dressé comme un sexe turgescent sur la toile
Parmi ses congénères cannibales
De race inférieure, dites-vous, un sauvage, un animal
Pourtant choisi par tant d'artistes pour modèle...

Me réduire à une apparence. Un physique. Un corps. Une ombre
Revenir sans cesse sur mes origines, fantasmer mes mœurs...

Héros muet de vos esquisses
Sujet ébène de vos croquis
Je suis payé trois francs la séance
Je suis docile. Je pose. Je souris.
Je ne réclame à l'artiste aucune part de sa gloire
Moi, je suis seulement Joseph. Le Noir.
Ecoute mon histoire.

***

achètent des nègres nouvellement arrivés d'en avertir sous huitaine au plus tard les gouverneurs et intendant desdites îles, sous peine d'amende arbitraire, lesquels donneront les ordres nécessaires pour les faire instruire et baptiser dans le temps convenable.

> Donné à Versailles,
> au mois de mars 1685.

JOSEPH

Vous me connaissez.
Tous.
Tous m'avez déjà vu, presque observé, analysé
Parfois croqué
M'avez seulement un jour regardé ?
Avez-vous observé autre chose que ma
silhouette dressée ? Ma main levée ?
Aviez-vous remarqué la noirceur de ma peau ?
Sur le radeau ?
Vous êtes-vous seulement demandé vers quel
horizon je lève le regard ?
Pour quel destin j'agite mon foulard ?
Par trois fois représenté, par trois fois ignoré.

LOUIS XIV
Edit du roi sur les esclaves des ˆles de l'Amérique dit « Le Code noir »

Préambule

Comme nous devons également nos soins à tous les peuples que la divine providence a mis sous notre obéissance, nous avons bien voulu faire examiner en notre présence les mémoires qui nous ont été envoyés par nos officiers de nos îles de l'Amérique pour y régler ce qui concerne l'état et la qualité des esclaves dans nos dites îles, et désirant y pourvoir et leur faire conna^tre qu'ils habitent des climats infiniment éloignés de notre séjour ordinaire, nous leur sommes toujours présent, par l'étendue de notre puissance.

Article 2

Tous les esclaves qui seront dans nos ˆles seront baptisés et instruits dans la religion catholique, apostolique et romaine. Enjoignons aux habitants qui

JE SUIS JOSEPH

- Ode au modèle noir -

UN MODELE

Chasseur de tigres
Figure de proue d'un radeau à la dérive
Domestique, esclave, dieu grec
Satan dans son incarnation inachevée
Il n'avait pas de nom.
Juste Joseph.
Juste un prénom.
Pas de nom. Pas d'histoire encore.
Comme lui, je ne suis qu'un corps.
Aujourd'hui je suis Joseph le Maure.
Je suis Joseph le modèle.
Aujourd'hui je suis Noir.
Alors écoute son histoire.

par ce spectacle et que je souhaite interroger et déconstruire.

Ma scénographie se veut sobre et graphique. La création lumière de Christine Taverne nous transporte d'un rai de lumière du port de Marseille à l'atelier du peintre que le décor de Philippe Taverne vient suggérer par un large tableau qui nous plonge au cœur de la toile.

Le choix de Stanley Jean-Baptiste pour interpréter le rôle de Joseph est devenu une évidence. Comme lui, il est né à Haïti avant de découvrir la France à l'adolescence. Leur destin croisé résonne ainsi plus fort sur les planches. Stanley incarne au plus près le modèle par le jeu, la danse et le chant.

Je vous souhaite un bon spectacle et un bon voyage à la croisée des arts.

Arnaud Beunaiche,
auteur et metteur en scène

Note d'intention

En juillet 2019, le musée d'Orsay présente « Le Modèle noir ». Je découvre l'existence d'un modèle vivant qui traverse toute l'exposition. Qui est cet homme ? Comment se retrouve-t-il sur le *Radeau de la Méduse* de Géricault ? Nous l'avons tous croisé du regard et pourtant nous ne savons presque rien de ce modèle. Je décide donc de mener l'enquête pour sortir de l'anonymat cette figure de la peinture abolitionniste du 19ème. Il me faut remonter le fil de l'Histoire pour comprendre l'héritage que nous lègue Joseph.

Du Code noir de 1685 au mouvement Black Lives Matter, ce sont près de quatre siècles d'Histoire que conte *Je suis Joseph.* A travers le destin particulier d'un jeune homme de Saint-Domingue, c'est en effet toute l'histoire de l'esclavage pratiquée par la France qui est ainsi mis en lumière.

J'ai choisi une écriture poétique et exigeante pour rendre hommage à tous ceux qui, par leur courage et leur détermination, par leur résilience aussi, parviennent à s'affranchir des obstacles imposés par les regards stéréotypés et les discriminations en tous genres. Mais c'est aussi notre propre vision de nos sociétés et de l'art qui se trouve questionnée

En 2019, Stanley décide de poursuivre sa formation interdisciplinaire au Studio David Rozen dans laquelle il pratique le chant, le théâtre et une nouvelle option appelée « Corps ».
Il rejoint la compagnie de théâtre « IOLAS » présidé par Nadia Chérif en novembre 2019 et joue divers rôles dans *Histoire de Cabaret*, un spectacle musical.

En octobre 2020, il intègre la compagnie *Emporte-Voix*. Il y interprète le rôle principal de *Je suis Joseph*, un spectacle poétique et graphique mêlant théâtre, danse et chant, écrit et mis en scène par Arnaud Beunaiche.

Stanley JEAN-BAPTISTE

- interprète -

Après une licence en médecine, Stanley entre en septembre 2016 à l'AICOM (Académie internationale de comédie musicale) à Paris où il se forme pendant trois ans dans différentes disciplines : le chant, la danse, le théâtre et le cinéma. A la fin de ses trois années, il obtient son certificat de comédie musicale.

En parallèle de l'école, en 2017, il danse pour un projet du groupe Canal+ ensuite il participe aux avant-premières du film *Santa et Cie* de Alain Chabat et d'Audrey Tautou.

En 2018, il intègre l'une des plus grandes chorales du monde « Gospel Pour 100 Voix », ce qui lui permet de participer à de nombreuses émissions TV et de sillonner l'Europe pour des concerts.

Il fait partie des 100 choristes de *Il était une fois Broadway* sous la direction artistique de Pierre-Yves Duchesne.

Acteur, il participe à de nombreux courts et longs métrages (notamment *2 Days in Paris*, réal. Julie Delpy), des clips vidéo, des séries TV (TF1) et des publicités. En 2011, il devient Matthieu dans la série « Cap' ou pas cap' » (Prix de la meilleure fiction en communication interne au TOP/COM 2012).

Comédien, coach vocal, directeur de troupe, metteur en scène, il est professeur d'expression scénique aux côtés de chorégraphes internationaux (Rick Odums, Sébastien Malicet, Hamid Targui...) et scénographe de ballets avec, en 2010, la création de *Brel, chant contre danse* à Douchy-les-Mines, *Petites variations entre amis* en 2012 à Denain, *La Partie d'Echecs* en 2015, *Résilience* en 2020...

En 2020, il rédige son journal de confinement (« *Haut les masques !* ») et profite de cette période d'isolement pour rédiger sa pièce « *Je suis Joseph* » en hommage au premier modèle vivant noir professionnel de la peinture européenne qui sera créée à l'hiver 2020 à l'Imaginaire de Douchy-les-Mines avec le soutien du Printemps Culturel.

Arnaud BEUNAICHE

- auteur et metteur en scène -

Arnaud débute sa formation théâtrale aux côtés de Patricia Vilon, ancienne élève du Conservatoire national d'Art dramatique, qu'il poursuit au conservatoire du 7e arrondissement avec Jean-Pierre Hané. Il obtient parallèlement une maîtrise puis un CAPES de Lettres Modernes à la Sorbonne en 1996. Il enseignera sept ans en collège et en lycée.

Auteur dramatique, il écrit aussi bien pour le jeune public que pour les adultes. En 2003, il devient le metteur en scène de la Compagnie *Emporte-Voix* qui est reconnue d'intérêt pédagogique par le Rectorat de Paris dès 2007. Ses pièces sont toutes publiées aux Editions *Emporte-Voix*.

Comédien, il choisit notamment d'aller à la rencontre des jeunes avec des spectacles scolaires (*Matin Brun, Je suis Joseph*) qui font un pont entre l'Art, l'Histoire et la Citoyenneté en France comme à l'étranger où il souhaite défendre la langue et la culture françaises. A ce jour, ce sont 17 pays qui ont déjà accueilli ses mises en scène pour plus de 350.000 spectateurs.

Texte et mise en scène / Arnaud Beunaiche

Production / Compagnie Emporte-Voix

Interprétation / Stanley Jean-Baptiste

Et / Matthieu Beunaiche / Fantine Lanneau-Cassan

Voix additionnelles / Arnaud Beunaiche, Serge Dupuy, Aurélie Frère, Maroussia Henrich, Erwan Orain, Pierre-Etienne Royer

Création lumières / Christine Taverne

Costumes / Corinne Lecerf

Décors / Philippe Taverne

Musique originale / Matthieu Beunaiche

Partenaires / Centre Culturel l'Imaginaire / La ville de Douchy-les-Mines / Le Printemps Culturel

Remerciements / François Derquenne, directeur culturel, Gérald Arnaut, directeur technique, Jessica Synak et Marie Arnaut, assistantes de programmation, Benoit Duthoit, technicien son et vidéo, Madani Warzee, assistant lumières, Julie Taverne, vidéaste, Bernard Briffaut, assistant décor, Baptiste Clarisse, conseiller vidéo, Typhanie Lecocq, accueil et catering, Société Schatteman, serrurier, Sophie Lepoutre, conseillère décor, Nadine Belkhodja et Philippe Taverne, photographes, Nadège Declérieux, Sandra Grandsir et Jean-Luc Laschamp, correcteurs.

C'est quoi une vie d'homme ?
C'est le combat de l'ombre et de la lumière,
C'est une lutte entre l'espoir et
le désespoir, entre la lucidité et la ferveur...
Je suis du côté de l'espérance,
mais d'une espérance conquise, lucide,
hors de toute naïveté.

Aimé Césaire